LE BAL MASQUÉ,

COMÉDIE

EN UN ACTE ET EN VERS

AVEC UN DIVERTISSEMENT.

Repréſentée pour la première fois, à Paris, ſur le Théâtre du Palais-Royal, dans le mois de Septembre 1786.

Prix, *vingt-quatre ſols.*

A PARIS,

Chez CAILLEAU, Imprimeur-Libraire, rue Galande, Nº. 64.

M. DCC. LXXXVII.

NOTE DE L'AUTEUR.

On a dit de cette Comédie que c'est une foible imitation des *Maris Corrigés*. Je ne prétends point établir entre ces deux Pièces un parallèle qui ne me feroit pas avantageux; mais je protefte hautement contre l'imputation de plagiat, & je me félicite d'avoir deviné, en 1770, un fujet que Monfieur de la C***. devoit traiter & embellir en 1781. Si l'on m'objecte l'antériorité, voici ma réponfe:

Le BAL parut d'abord en Profe, mêlée d'Ariettes à Copenhague, en 1770, mife en Mufique par M. P**.; cette Pièce fut jouée fur un Théatre de Province en 1773. Cinq ans après je jugeai à propos d'en fupprimer la Mufique & de la mettre en Vers, pour l'envoyer à un célèbre Acteur de la Comédie Françaife, qui doit encore avoir le manufcrit. En 1779 je fubftituai le rôle d'Arlequin à celui de Frontin; &, en cet état, la Pièce fut préfentée à M. Clairval, qui me la renvoya avec des obfervations & la lettre la plus obligeante. En 1781 le BAL fit encore le voyage de Paris fous le couvert de M. de S. Preux, Penfionnaire du Théatre Italien; inftruit par lui qu'alors on répétoit les *Maris Corrigés*, & du rapport qui exiftoit entre cette Comédie & la mienne, je la retirai: il eut été imprudent de lutter contre un Ouvrage charmant que le Public reçut avec tranfport, & qui le méritoit.

Occupé d'affaires qui me tiennent éloigné de la Capitale, j'avois abandonné tout projet fur ma Pièce, quand, par un petit retour d'amour-propre, je me fuis décidé à la donner au Théatre du Palais-Royal, où l'on m'affure qu'elle a obtenu quelque fuccès.

Si le Public mettoit quelque intérêt à connoître la vérité de ce que j'avance, je m'engage à donner, à cet égard, toutes les preuves que l'on pourroit exiger.

PERSONNAGES.	ACTEURS.
Le Marquis de LISVAL.	M. S. Clair.
ZÉLIE, Femme de Lifval.	Mlle. Forêt.
Le Comte de BELMONT, ami de Lifval.	M. Maille.
ISMÈNE, Sœur, de Belmont, & amies	Mlle. Tabraife, cadette.
CLOÉ, Parente, de Zélie.	Mlle. Tabraife, l'aînée.
FRONTIN, Valet-de-Chambre de Lifval.	M. Michot.
LAURETTE, Femme-de-Chambre de Zélie, & Femme de Frontin.	Mlle. Fiat.

La Scène eft à Paris dans l'Hôtel du Comte de Belmont.

LE BAL MASQUÉ,

COMÉDIE.

SCENE PREMIERE.

ZÉLIE *en habit de bal très-élégant*, LAURETTE
en Bohémienne, toutes deux le masque à la main.

LAURETTE.

Eh bien! Madame, en doutez-vous encore?
Le Marquis de Lisval, votre fidèle époux,
  Tout en jurant qu'il vous adore,
Offre à votre rivale un triomphe assez doux.
  Certain que vous êtes absente,
  De la fête la plus brillante,
Sa nouvelle conquête est aujourd'hui l'objet...
—Vous riez! Trouvez-vous l'aventure plaisante?
  Ma foi! vous en avez sujet.

ZÉLIE.

Oui, ta vivacité m'enchante,

A 3

Et l'amour de Lifval...

L A U R E T T E.

Vous réjouit auffi !

Z É L I E.

Il ne me donne aucun fouci.

L A U R E T T E.

C'eft être de fang-froid : j'enrage.
Comment, Madame, après un an de mariage,
Se voir trahir fans murmurer !
Vraîment, je ne dis pas qu'il vous faille pleurer,
Négliger vos attraits ; au contraire, une femme,
Par prudence, par vanité,
Doit cacher fon dépit dans le fond de fon ame ;
Mais elle doit punir une infidélité,
En dévifageant fa rivale :
Je traiterois ainfi cette Beauté fatale
Qui vous ravit le cœur de Monfieur de Lifval.

Z É L I E.

Laurette, n'en dis point de mal ;
Je la connois.

L A U R E T T E.

Fort bien.

Z É L I E.

Je dirai plus ; je l'aime.

L A U R E T T E.

Vous l'aimez ?

Z É L I E.

Oui, de tout mon cœur.
Mais, tiens, pour te tirer d'erreur,
Regarde ce portrait.

L A U R E T T E, *examinant le portrait.*

Ma furprife eft extrême!
Madame, c'eft vous, trait pour trait;
Votre bouche, vos yeux.

Z É L I E.

Oui, Laurette, en effet
Cette rivale... c'eft moi-même.

L A U R E T T E.

Cette rivale... ce portrait...
Notre départ & ce myftère.
Je m'y perds : rendez-moi cette énigme plus claire.

Z É L I E.

Je vais l'expliquer tout-à-fait.
Le mois dernier, le Baron de Melflore
Et mon époux, furent au Bal
Chez la Comtefle de Blacmore.
Il me vint dans l'efprit d'y rejoindre Lifval,
Non que mon ame fut faifie
Du moindre accès de jaloufie.
Chère Laurette, mon amour,
Croyant être payé du plus tendre retour,
Préparoit à l'ingrat une aimable furprife:
Cet efpoir fi flatteur m'occupa tout le jour.

Le tems fuit, minuit fonne, & chacun fe déguife.
Nous fortons : je n'avois avec moi que Belmont,
Sa coufine & la jeune Ifmène.
Nous arrivons au Bal; après bien de la peine,
Nous rencontrons enfin Lifval & le Baron.
Lifval, frappé de ma parure,
Me fuit par-tout; il cherche a découvrir mes traits :
L'imagination me prête des attraits,
Et lui fait préfager une heureufe aventure ;
Il s'attache à moi feule, & ne me quitte plus.
Pour m'en débarraffer, mes foins font fuperflus :
Efprit, douceurs, tendre langage,
Propos galans, faillie, il met tout en ufage,
Pour obtenir que le mafque jaloux
Ceffe de cacher mon vifage.
Je réfifte ; il s'en plaint, & tombe à mes genoux,
Je m'échappe en riant de tout ce badinage ;
Mais il n'eft pas moins vrai que mon époux volage,
D'un fentiment nouveau croyant fuivre la loi,
Trahiffoit fans remords & mes feux & fa foi.

L A U R E T T E.

Voilà de leur délicateffe !
Ces Meffieurs font charmans ! hom ! je ne fais pourquoi
On s'empètre de cette efpèce.

Z É L I E.

Lifval, depuis ce tems, trifte, fombre, rêveur,
Cherche à me dérober le fecret de fa flamme :
Malgré lui je lis dans fon ame ;

Le devoir y combat une naiſſante ardeur :
Le devoir cédera.

L A U R E T T E.

Quoi ! vous croyez, Madame...

Z É L I E.

Je prétends le pouſſer à bout,
Laurette ; il me cherche par-tout,
Et moi, de mon côté, je l'obſède ſans ceſſe.
Sous ce déguiſement, irritant ſa tendreſſe,
Je veux qu'il me livre ſon cœur,
Et le punir de ſa foibleſſe,
En lui raviſſant ſon erreur :
On ne ſauroit, je crois, être plus raiſonnable.

L A U R E T T E.

C'eſt, au moins, être fort traitable.

Z É L I E.

J'ai moi-même fixé le jour
Où je dois de Lifval récompenſer l'amour.
Dans le tumulte de la fête
Qu'il me donne aujourd'hui chez ſon ami Belmont,
Nous devons nous trouver en ce lieu tête à tête.

L A U R E T T E.

Le tête à tête ſera bon :
Deux époux !

Z É L I E.

En prêtant ſon hôtel & ſon nom,

En flattant de Lifval les vœux & l'inconftance,
Belmont fixe fa confiance ;
Mais il me trahit & me fert.
Tous deux agiffant de concert,
Au premier mot de mon abfence,
Ont, pour me retenir, prodigué l'éloquence.
Lifval trembloit de réuffir,
Et moi, je brûlois de fortir.
Je fuis fortie enfin, &, grace à mon complice,
De notre innocent artifice
Lifval ne peut rien découvrir.

L A U R E T T E.

Vous le croyez ?

Z É L I E.

J'en fuis prefque certaine.
Mon retour chez Belmont n'eft connu que de nous ;
Cloé, Belmont, fa fœur Ifmène,
Tous trois font contre mon époux ;
Et pour le ramener à fa première chaîne,
Le parti que je prends leur femble encor trop doux ;
Tous, pour me feconder, vont employer leur zèle.
Aux dépens de mon infidèle,
Pour la dernière fois je prétends m'amufer.
Hélas ! beaucoup plutôt peut-être
J'aurois dû le défabufer.
Qui fait, quand il va me connoître,
Jufqu'où l'ingrat... s'il m'aime, un mot doit m'excufer.
Suivons notre projet, rien ne fauroit nous nuire ;

Tout eſt bien concerté. Belmont doit introduire
Liſval dans ce ſalon, dont je puis diſpoſer.

    Iſmène... on vient... je crois l'entendre...
C'eſt elle avec Cloé : toi, rentre dans le Bal ;
Recommande à Belmont d'empêcher que Liſval
    Ne vienne ſans lui nous ſurprendre.

       (*Laurette ſort*).

SCENE II.

ZÉLIE, ISMÈNE, CLOÉ, *en habit de Bal &*
démaſquées.

ZÉLIE.

Eh bien ! que fait Liſval ?

ISMÈNE.

     Il eſt fort inquiet.
Il cherche, il court, il examine ;
  A mon frère il parle en ſecret.
Sans les entendre, aiſément on devine
Que de leur entretien l'inconnue eſt l'objet.

CLOÉ.

Voilà donc ce Liſval ſi ſoumis & ſi tendre !
   Tenez, je crois encor l'entendre
   Quand il n'étoit que votre Amant :
Jamais, vous-diſoit-il, je ne ſerai perfide.
Je vous aime, Zélie, & je fais le ſerment

De vous adorer constamment.
Séduite par son éloquence,
Lisval sera, dilois-je, un très-aimable époux·
C'est un garçon charmant ; tendresse, complaisance,
          Empressemens, soins les plus doux,
Tout ce que l'on peut être, il le sera pour vous :
          Je vous félicitois d'avance ;
Il vous possède enfin... mais quelle différence !
          Au reste, ils se ressemblent tous ;
          Brusques, volages ou jaloux,
Et souvent tout cela.

Z É L I E.

          Dites-moi, je vous prie,
          Lisval ne soupçonne-t-il rien ?
Je ne suis pas tranquille : il se pourroit fort bien
Qu'il se fut apperçu de la plaisanterie.

I S M È N E.

          Eh ! non, non ; je vous garantis
Que nous pouvons agir sans le moindre scrupule.

Z É L I E.

Ismène, il n'est pas si crédule.

C L O É.

Il est, sur nos desseins, c'est moi qui vous le dis,
          Dans une ignorance profonde ;
Tandis qu'à ses dépens on peut se divertir,
          C'est se tourmenter à plaisir.
Songe-t-il seulement que vous êtes au monde ?

L'espoir de subjuguer un objet enchanteur,
    L'éclat d'une superbe fête,
L'orgueil d'accumuler conquête sur conquête,
Voilà de votre époux ce qui remplit le cœur.
Lisval, vous croire ici! je gagerois ma tête,
Qu'au moment où je parle, il a même oublié
    Qu'avec vous il est marié.

Z É L I E.

    Cloé, j'ai moins de confiance.
    Tout en feignant de me servir,
    Belmont ne peut-il me trahir?
Les hommes sont entr'eux toujours d'intelligence;
Nous duper est pour eux un passe-tems si doux!
    Le même amour de l'inconstance
Semble les inviter à beaucoup d'indulgence;
Et Belmont, contre moi, peut servir mon époux,
    En révélant ce que nous voulons taire.

I S M È N E.

    Ah! Madame, que dites-vous?
    Non, non, je réponds de mon frère;
    Il est honnête homme & discret:
Rien ne peut de son sein arracher le secret
    Dont on le fait dépositaire.

C L O É.

    Ainsi donc, Monsieur de Lisval,
Nous allons toutes trois vous combattre & vous vaincre,
En dépit de l'amour, nous allons vous convaincre
Que l'Hymen aujourd'hui fait les honneurs du Bal.

ISMÈNE.

J'entends quelqu'un.

ZÉLIE.

Fuyons.

ISMÈNE.

C'est mon frère ou Laurette.

CLOÉ.

C'est Belmont.

SCENE III.

BELMONT, *en Domino & sans masque*, ZÉLIE, ISMÈNE ET CLOÉ, *démasquées.*

BELMONT *à Zélie.*

Du Marquis j'ai devancé les pas.
Vous l'allez voir, Madame ; une pente secrette
Malgré lui le ramène auprès de vos appas.

ZÉLIE.

De ce compliment là je ne suis point la dupe ;
Ainsi je n'y répondrai pas.

(*Zélie & Ismène sortent après avoir remis leurs masques*).

SCENE IV.

CLOÉ, BELMONT.

BELMONT.

VOUS reſtez?

CLOÉ.

L'inconnue en ce moment occupe
Monſieur Liſval. Trompé par ce déguiſement,
Abſolument pareil à celui de Zélie,
Il va me débiter quelque tendre folie,
Et je veux m'en donner le divertiſſement.

BELMONT.

C'eſt s'expoſer imprudemment.
Vous le ſavez, belle couſine,
Le Marquis de Liſval eſt un homme charmant.

CLOÉ.

Mon cher parent, je vous devine ;
Vous tremblez pour ma liberté.
Mais tranquilliſez-vous : ce Marquis ſi vanté
Ne me ſéduira point ; c'eſt un amant volage :
Je ne voudrois jamais d'un cœur qui ſe partage,
Et le mien eſt en ſûreté.

BELMONT.

Voici Liſval.

CLOÉ *remettant ſon maſque.*

Feignons de ſortir.

SCENE V.

LISVAL, *en habit de Bal très-galant & sans masque;*
CLOÉ, *masquée,* BELMONT.

LISVAL *à Cloé, qu'il prend pour Zélie.*

AH, cruelle !
Arrêtez, de grace, arrêtez.
Quand je viens rendre hommage à vos beautés,
Vous semblez méprifer l'amant le plus fidèle :
Ingrate, en vain vous m'évitiez,
L'amour, le tendre amour me guidoit à vos pieds.

CLOÉ *à part.*

On ne fauroit parler un plus joli langage.

BELMONT *à Lisval.*

Elle fe tait.

CLOÉ *à part.*

Je puis hafarder un foupir.

LISVAL.

Madame, expliquez-vous : dois-je vivre ou mourir?

CLOÉ.

Hélas !

LISVAL.

Vous foupirez ! Eft-ce un heureux préfage ?
Dois-je l'interprêter en faveur de mes feux ?
Que craignez-vous ? Parlez: daignez combler mes vœux.

Otez

Otez ce masque insupportable :
Vous m'avez permis d'espérer
Qu'aujourd'hui... que ce soir... Ciel ! que dois-je augurer
De ce silence qui m'accable ?

CLOÉ.

Lisval, c'est trop long-tems jouir de votre erreur :
Je vous pardonne un jeu que la fête autorise.
Vous croyez me connoître, & ce masque trompeur
Vous a fait avoüer l'état de votre cœur.
Vous aimez, on vous aime, & j'en suis peu surprise :
Vous méritez votre bonheur.
Adieu, trop dangereux vainqueur ;
Je vous laisse, & je vais rire de la méprise.

(Elle sort en lui faisant une profonde révérence & en riant aux éclats).

SCENE VI.

LISVAL, BELMONT.

LISVAL.

BELMONT, je suis pris comme un sot.

BELMONT.

On te raille, Marquis, & te taire est ton lot.

LISVAL *rêvant.*

Même déguisement, même air, même parure,

B

Le son de voix moins doux.

B E L M O N T.

   Tiens, mon cher, je te jure
Que l'on se moque ici de toi.
Mais si jamais Zélie apprenoit cette injure,
Instruite par quelqu'un que tu trahis sa foi....

L I S V A L.

  Ah! ne parlons plus de Zélie ;
Jusques à son retour, permets que je l'oublie :
De l'inconnue enfin j'adore les attraits.
   Ma femme, il est vrai, m'intéresse,
   Elle mérite ma tendresse ;
Je l'estime ; elle m'aime, & je la trompe : mais,
   Dans le fond, suis-je si coupable ?
   Si l'inconstance est condamnable,
Belmont, si tu la mets au nombre des forfaits,
Ce sont ceux de mon siècle. Eh! quel homme, à mon âge,
Eut langui si long-tems dans les bras de l'Hymen ?
   Après un an de mariage,
   On peut, sans un long examen,
Pendant quelques momens rompre son esclavage,
Se rendre à ses amis, à la société.

B E L M O N T.

  Oui, tu peux m'alléguer l'usage,
Ressource des ingrats : mais si de son côté,
Adoptant cette loi, que tu trouves si sage,
Ta femme osoit un jour... Lisval, que dirois-tu ?

LISVAL.

Belmont, pour m'imiter, elle a trop de vertu.

BELMONT.

Dans ta bouche, Marquis, j'aime affez un éloge,
Que tu ne veux pas mériter :
Souffres que fur ce point ton ami t'interroge.

LISVAL.

Oh ! tu vas m'impatienter.

BELMONT.

Cher Lifval, fi cette inconnue,
Qui doit ce foir fe montrer à tes yeux,
T'offroit de la laideur l'affemblage odieux ?
Jufqu'à préfent tu ne l'as vue
Que fous le mafque. Eh bien ! ce charme impérieux
Qui te fubjugue, qui t'entraîne,
Qui te fait trahir la beauté,
Abjurer tes fermens & brifer une chaîne
Qui faifoit ta félicité ;
Ce charme évanoui, ton époufe informée
Que du léger Lifval elle n'eft plus aimée,
Ne gémirois-tu pas de déchirer un cœur
Senfible pour toi feul, toujours tendre & fidèle,
Et qui te confia le foin de fon bonheur ?
Tu ne me réponds rien ?

LISVAL.

Non, l'inconnue eft belle ;
Et le fut-elle moins, je chéris mon erreur.

BELMONT.

Va, c'eft au tems que j'en appelle;
L'imagination fait embellir ton choix.
Tu n'es pas le premier. J'ai vu plus d'une fois,
Sous un mafque charmant, l'objet le moins aimable
Séduire d'un coup-d'œil, & foumettre à fes loix
      Le cœur le plus invulnérable;
      Mais, Lifval, bientôt le grand jour,
En éclairant l'erreur, anéantit l'amour.

LISVAL.

A force d'être raifonnable,
Tu déraifonnes, mon garçon.

BELMONT.

Non, je te prêche une morale...

LISVAL.

Fais-moi grace de la leçon :
A la gaîté, mon cher Belmont,
La fageffe eft toujours fatale.

    (*Il regarde à fa montre*).

Mais il eft dix heures.

BELMONT.

          Ma foi,
Je te le dis encore, on fe moque de toi.

LISVAL.

Au lieu de me railler fur mon impatience,
Tu ferois beaucoup mieux de rentrer dans le Bal.

BELMONT.

Volontiers.

(Laurette tousse derrière la coulisse).

(à part).

Mais quelqu'un s'avance.
Je ne me trompe pas. C'est Laurette, je pense ;
On a toussé, sortons : c'est-là notre signal.

SCENE VII.

LISVAL *seul.*

Que la froideur est rebutante !
Tout s'offre à ses regards sous le plus triste jour.
Ah ! j'aime mieux cent fois mon humeur pétulante.
Malheur à l'ame indifférente
Que n'éclaira jamais le flambeau de l'amour !

SCENE VIII.

LISVAL, ISMÈNE ET LAURETTE, *en Bohémiennes*
& masquées ; troupe de Bohémiens derrière elles.

LAURETTE *à Ismène, au fond du Théatre.*

Le voici.

LISVAL *croyant être seul.*

Pour mes feux l'attente est trop cruelle !...
Quoique masquée, à mes yeux qu'elle est belle !

(Voulant sortir).
Oui, courons la chercher...

(Appercevant les Bohémiens).
Quels gens viennent s'offrir !...
Évitons-les...

(Ismène & Laurette l'arrêtent).
Pourquoi me retenir ?

ISMÈNE.

Dans l'avenir nous savons lire ;
Approchez, mortels curieux,
Nous avons soin de ne prédire
Que ce qui peut flatter vos vœux.
Notre science est peu commune,
Nous disons la bonne fortune ;
Venez, venez nous consulter.
Êtes-vous rebuté de quelque blonde ou brune ?
Nous avons, pour vous contenter,
Vingt recettes pour une.
D'obliger les amans nous nous faisons plaisir.
Celle que vous aimez, seroit-elle infidelle,
Vous la verrez à vos pieds revenir.

(Lisval veut s'échapper par le côté opposé ; il est arrêté par Cloé, à la tête d'une autre troupe de Bohémiens & de Bohémiennes).

LISVAL.

Parbleu, l'aventure est nouvelle !

(Les deux troupes de Bohémiens se réunissent & forment une danse autour de Lisval, qui, pendant toute cette Scène, donne toujours des marques de la plus vive impatience).

Quoi ! je ne serai pas le maître de sortir ?

SCENE IX.

LISVAL, ISMÈNE, LAURETTE, CLOÉ, TROUPE DE BOHÉMIENS ET DE BOHÉMIENNES *dans le fond du Théatre.*

CLOÉ.

D'UNE épouse qui vous obsède,
Voulez-vous fuir les yeux jaloux ?
Nous possédons le seul remède
Utile au repos des époux.

LISVAL.

J'enrage ! Mesdames, de grace,
Allez porter ailleurs vos talens merveilleux :
Sur mon sort rien ne m'embarrasse,
Et je suis né peu curieux.

LAURETTE.

Nous avons cependant des choses à vous dire,
Que vous ferez bien d'écouter.

LISVAL.

Je vous conjure, moi, de ne pas m'arrêter ?

ISMÈNE.

Mon bon Monſieur, avec nous venez lire
Dans l'avenir.

LISVAL.

Ah! quel martyre!

(*Pendant le reſte de cette Scène, Zélie & Belmont ſe
retirent dans un cabinet qui eſt placé du côté de la
Reine, après s'être démaſqués un inſtant pour ſe faire
reconnoître des Spectateurs. Iſmène, Cloé & Laurette
obſèdent Liſval, de façon qu'il ne peut voir ce qui ſe
paſſe derrière lui. Belmont & Zélie paroiſſent de tems
en tems à la porte du cabinet*).

ISMÈNE.

N'eſpérez pas de nous quitter.

LISVAL.

Comment, morbleu!

LAURETTE.

Point de colère,
Mon beau Monſieur; ſoyez moins violent.

ISMÈNE.

C'en eſt trop, vous avez beau faire
Pour ne pas m'écouter, vous êtes trop galant.

CLOÉ.

Fi donc! vous nous faites la moue?

LISVAL.

Ah! c'eſt un tour que l'on me joue!

ISMÈNE.

Faut-il, mon bon Monſieur, que nous vous pourſuivions?

LISVAL *à part.*

Parbleu, je crois les reconnoître...
Et toutes ces voix-là... Qui diable pourroit-ce être?

(*A Iſmène*).
N'êtes-vous pas Doris?

ISMÈNE.

Ceſſez vos queſtions.
Soyez diſcret, dans peu nous nous ferons connoître.

LISVAL.

J'y ſuis.

CLOÉ.

Quoiqu'il en ſoit, n'ayez aucun ſouci:
Donnez-moi cette main.

ISMÈNE.

Donnez-moi celle-ci.

LISVAL, *après quelques difficultés.*

Que faire? Il faut bien les entendre;
C'eſt l'unique moyen de m'en débarraſſer.

(*Laurette renvoye les Bohémiens, & va au fond du
Théatre*).

ISMÈNE.

Bon! je vous trouve l'air plus tendre:
Cela me fait plaiſir. Çà, je vais commencer.

(*Elle fait plusieurs lazzis en regardant dans la main
de Lisval*).

Que vois-je là ? Ciel! quel préfage!
L'avenir s'offre à moi fous un afpeêt affreux.
Se pourroit-il ?... Epoux volage!
Arrête, & refpeête tes nœuds.

C L O É.

Le figne que voici te préfente l'image
Du deftin le plus glorieux.
Aujourd'hui l'objet qui t'engage
Se difpofe à combler tes vœux.

L I S V A L.

De grace, dites-moi, qui croire de vous deux ?

C L O É.

Moi.

I S M È N E.

Moi.

Enfemble.

L I S V A L.

Fort bien.

C L O É.

Je vois une fête brillante,
Dont l'amitié fait les apprêts.

I S M È N E.

C'eft l'amitié qui la préfente,
Mais l'amour feul en fait les frais.

LISVAL.

Que dites-vous ?

ISMÈNE.

De cette injure
Tout bas le Dieu d'Hymen murmure ;
Crains les effets de son courroux.

LISVAL à part,

Suis-je trahi ?

CLOÉ.

De cette fête,
Ce soir même, l'amour t'apprête
Un prix bien flatteur & bien doux,
Heureux amant !

ISMÈNE.

Perfide époux!

LISVAL.

Depuis long-tems je vous écoute,
Mesdames ; pour le coup, vous ne vous plaindrez pas.

(*Frontin entre sur la Scène, & fait tous ses efforts pour reconnoître les Masques qui sont avec son Maître & se faire appercevoir de lui. Laurette lui coupe toujours le passage & l'empêche d'approcher*).

ISMÈNE.

Sur ce que nous disons, ne formez aucun doute ;
C'est la vérité,

LISVAL *voulant s'échapper.*

Dans ce cas,
Je vous crois; tout eſt dit, je penſe.

CLOÉ *le retenant.*

Non, non : revenez ſur vos pas,
Et ſachez...

LISVAL.

Quel tourment!

ISMÈNE.

Une autre circonſtance...

LISVAL.

Ah! vous n'avez rien oublié.

CLOÉ.

Votre maitreſſe & votre épouſe
Se connoiſſent beaucoup; leur commerce eſt lié
Par les nœuds éternels d'une tendre amitié.
Toutes deux ſont d'humeur jalouſe;
Craignez qu'un éclairciſſement,
Amené par votre imprudence,
Ne détruiſe en un ſeul moment
Des projets qu'a vu naître & nourri l'eſpérance.

LISVAL *s'échappant.*

Je vous ſuis obligé de tant de prévoyance.

SCÈNE X.

Les Précédens, FRONTIN *se trouve nez à nez*
avec Lisval.

FRONTIN.

Monsieur, Monsieur.

LISVAL.

Que veut cet animal ?

FRONTIN.

L'inconnue est, Monsieur, à présent dans le Bal.

LISVAL.

J'y vole.

ISMÈNE.

Encore un mot.

LISVAL.

Eh ! non, non. Je m'échappe,
Beaux Masques, je n'y reviens plus.
Pour m'arrêter ici, vos soins sont superflus ;
Je ne crois pas qu'on m'y rattrappe.

(*Il sort, & fait signe à Frontin de le suivre*).

S C E N E XI.

CLOÉ, ISMÈNE, LAURETTE, *démasquées.*

C L O É.

NOUS l'avons mené lestement.

I S M É N E.

Moi, je vous secondois de mon mieux.

L A U R E T T E.

     Et Laurette,
Vous lui devez un compliment :
De moi je suis très-satisfaite.
Le cher Monsieur Frontin, mon très-brutal époux,
  Venoit ici chercher son maître ;
Il passoit, repassoit, rodoit autour de nous,
  En tâchant de nous reconnoître.
Je l'ai tant poursuivi, lutiné, tourmenté,
  Que, malgré toute son audace
  Et son air de capacité,
N'y pouvant plus tenir, il a quitté la place.

C L O É.

Allons changer d'habits. De cet appartement
 J'ai vu sortir & Belmont & Zélie ;
Ils ont tout entendu. Joignons-les promptement :
  Il faut, de cette Comédie,
  Que nous voyons le dénouement.

  (*Elles sortent masquées*).

SCENE XII.

LAURETTE *seule, démasquée.*

Si mon bourru venoit!... Le voici justement.

(Elle remet son masque. Frontin entre en baillant;
Il essaye tour-à-tour plusieurs siéges , comme un
homme qui cherche à s'arranger pour dormir, & ne
se trouve bien nulle part).

    Le hasard m'est trop favorable
Pour n'en pas profiter. Son humeur intraitable
Mérite bien qu'ici je m'égaye un moment
A le faire enrager. Bon ! le sommeil l'accable.
    A peine a-t-il quitté la table,
    Qu'il cherche un endroit pour dormir.
Un époux est pourtant un être bien aimable !

SCENE XIII.

FRONTIN, LAURETTE.

FRONTIN, *sans voir Laurette.*

Ces Masques font un train ! on n'y peut plus tenir.
    Quel baccanal ! quelle cohue !
    D'ici je m'en vais déguerpir.
Le moyen à ce bruit de pouvoir m'assoupir ?
J'aimerois presqu'autant me coucher dans la rue.

LAURETTE *à part.*

Abordons-le civilement.

(*Elle s'approche & salue*).

Monsieur, je suis votre servante.

FRONTIN.

C'est encor un masque! Comment,
Ils me suivront par tout! leur ombre m'épouvante:
 Ne m'en déferai-je jamais?

LAURETTE.

Me reconnoissez-vous?

FRONTIN, *sans la regarder.*

  Non pas, qu'il me souvienne.

LAURETTE *passe de l'autre côté.*

Là, regardez-moi bien.

FRONTIN.

  Si fait, je vous remets.
Vous êtes la Bohémienne
Qui tantôt...

LAURETTE.

  Oui, c'est moi-même.

FRONTIN.

   Adieu;
Vous m'avez chassé de ce lieu
Quand j'y voulois rester; maintenant je m'en chasse,
 Pour n'y pas rester avec vous.

LAURETTE.

LAURETTE.

Le compliment est assez doux.

FRONTIN.

Serviteur.

LAURETTE.

Eh ! Monsieur, de gr
Soyez moins impoli : restez, causons tous de

FRONTIN.

Vous êtes d'humeur babillarde,
A ce qu'il me paroît ; moi, fort silencieux ;
On le voit à mon air, pour peu qu'on le rega

LAURETTE.

Ah ! je sais ce que c'est. Vous attendez ici
Quelque jeune & belle maitresse.
Tenez, à vous je m'intéresse
Plus que vous ne pensez. Dites-moi....

FRONTIN.

Grand :
De l'intérêt.

LAURETTE.

Ainsi, Monsieur...

FRONTIN.

Ainsi
Vous me connoissez mal.

LAURETTE.

Peut-êtr

F R O N T I N.

Je vais vous le prouver. J'attends ici mon maître,
      Homme galant, fort amoureux
D'un tendron trop rusé pour se faire connoître,
Dont, jusques à présent, il n'a vu que les yeux ;
C'est d'un masque, en un mot, que son ame est éprise ;
      Et, puisqu'il faut que je le dise,
Tout masque est, à mon sens, un objet odieux.

L A U R E T T E.

De cette aversion je ne suis pas surprise,
      Et vous pouvez n'avoir pas tort.
Mais enfin, dites-moi, n'est-il point de femme
      Qui vous plaise ?

F R O N T I N.

          Non, sur mon ame ;
Je les hais toutes à la mort.

L A U R E T T E.

Pour justifier ce transport,
      Apparemment quelques beautés cruelles,
En méprisant vos feux, vous ont fait éprouver...

F R O N T I N.

Examinez-moi bien. Suis-je fait pour trouver
      En mon chemin des cœurs rebelles ?

L A U R E T T E.

Eh ! mais...

F R O N T I N.

      Parlez-moi sans façon.

LAURETTE.

Je vous trouve, Monsieur, aſſez joli garçon :
Oui, votre figure eſt paſſable.

FRONTIN *avec fatuité.*

Paſſable !… je vous crois. Dites donc, adorable ;
C'eſt le mot.

LAURETTE *à part.*

Le faquin !

FRONTIN.

Et c'eſt ſans vanité
Que j'en conviens.

LAURETTE.

Oh ! oui.

FRONTIN.

Mais, à la vérité,
Je ſuis forcé de rendre hommage.

LAURETTE.

Fait comme je vous vois, à la fleur de votre âge,
L'amour doit vous paroître un ſentiment bien doux.

FRONTIN.

Oui, Madame ; mais, entre nous,
Je trouve bien peſant le joug du mariage.

LAURETTE.

Comment ! vous êtes marié ?

FRONTIN.

Hélas ! oui, de par tous les diables.

LAURETTE.

Admirez le rapport. Par des nœuds effroyables,
Au destin d'un mari mon destin est lié.
Cet époux est, Monsieur, jaloux, brutal, ivrogne,
Quinteux, joueur & libertin,
Avare au par-dessus ; enfin,
N'étoit l'honneur….

FRONTIN à part.

Ah, la carogne !

LAURETTE.

Vous m'entendez ?

FRONTIN.

Oh ! par ma foi,
Ce langage est intelligible.

LAURETTE à part.

Je l'ai peint trait pour trait.

FRONTIN à part.

Son projet est visible :
Elle m'en veut.

LAURETTE.

Et vous ?

FRONTIN.

Et moi !
J'ai pour femme une pigrièche
D'humeur brusque, d'esprit revêche ;

A tout ce que je veux, répondant toujours non ;
Gourmande, bégueule, hargneuſe,
Coquette, s’il en eſt, ſotte, capricieuſe,
Et, pour tout dire, un vrai démon.

LAURETTE *à part.*

(*Haut*).

Le monſtre ! Ce portrait n’eſt pas fort agréable ;
D’une épouſe ſi peu traitable,
On pourroit vous dédommager.

FRONTIN *à part.*

(*Haut*).

Nous y voilà. L’offre eſt très-honorable,
Mais j’en connois tout le danger.
Lorſque, pour mon malheur, je recherchai Laurette,
Je crus, en l’épouſant, trouver femme parfaite.
Infortuné Frontin, quelle fut mon erreur !
Si, par ſa mort, le deſtin favorable
Daignoit finir le tourment qui m’accable,
Des pièges de l’amour je garderois mon cœur.

LAURETTE *à part.*

Par ma mort ! ah ! le miſérable !
Si j’oſois… Mais il faut déguiſer ma fureur.
(*Haut*).
On veut faire votre fortune,
Pour la ſaiſir, faites un pas.
Toutes les femmes ne ſont pas

Comme la vôtre.

FRONTIN.

Bon ! je n'en excepte aucune.
Vous-même je vous vois venir ;
Vous croyez déja me tenir,
Madame la Bohémienne ;
Cherchez fortune ailleurs, & vous ferez fort bien.
Où la chèvre est liée, il faut qu'elle se tienne.
Voilà mon dernier mot pour finir l'entretien :
Femmes, en général, ne valent toutes rien.
Je ne puis avoir pis ; mais je garde la mienne.

(Il sort).

SCENE XIV.

LAURETTE seule, démasquées.

Il ne peut avoir pis ! je suffoque ! le traître !
A me trahir, je n'ai pu l'engager.
Je me flattois, qu'à l'instar de son maître,
Il voudroit se donner les airs de voltiger,
Et j'eusse bien usé du droit de me venger ;
Mais il lui plaît d'être fidèle.
Des maris, ce magot veut être le modèle,
Pour m'ôter un prétexte à le faire enrager.
J'en suis outrée ! il faut que mon dépit éclate.
Sous quels traits odieux me peignoit son dépit !
S'il pense tout ce qu'il m'a dit,

Il ne veut pas que je me flatte.
Qu'importe ! S'il me hait, je ne fuis pas ingrate.

SCENE XV.

BELMONT, LAURETTE.

BELMONT.

ÉCHAPPE-TOI, Lifval me fuit ;
Court vîte avertir ta maitreffe.

(*Elle met fon mafque & fort*).

L'heure s'approche, il eft minuit :
Tous deux, guidés par leur tendreffe,
Nos époux vont dans ce réduit
Se parler… mais j'entends du bruit.
C'eft Lifval.

SCENE XVI.

BELMONT, LISVAL, *une lettre à la main.*

LISVAL.

L'INCONNUE en ce lieu va fe rendre :
Tiens, lis.

BELMONT, *après avoir lu.*

Par l'amour le plus tendre,

C 4

Ce billet me femble dicté.

L I S V A L.

L'excès de ma félicité
Jamais ne pourra fe comprendre.
J'efpère que ce foir, du moins ,
Je ne perdrai , Belmont , ni mes pas , ni mes foins.

B E L M O N T.

Je vois que ta joie eft extrême ;
Mais ce qu'ici tantôt ces femmes t'ont prédit ,
A-t-il pu s'effacer fi-tôt de ton efprit ?

L I S V A L.

Oui , tout cède au plaifir d'admirer ce que j'aime ,
N'empoifonnes pas mon bonheur.
Quoi ! je vois ceffer la contrainte ,
Tout favorife mon ardeur,
Et je pourrois livrer mon cœur
Au trifte fentiment d'une frivole crainte ?

(*Avec beaucoup de ménagement*).

Mais, mon cher Belmont, je l'attends ;
En s'offrant à mes yeux, en fe faifant connoître ,
Elle s'offenferoit peut-être
Si, malgré ma promeffe...

B E L M O N T.

Eh , mon Dieu ! je t'entends ;
Mon pauvre ami , tu me fais rire.
Pour me congédier , de quel air tu t'y prends !

Faut-il un détour pour me dire
Que tu veux être feul ? Adieu , je me retire.
Ménage bien , Lifval, ces précieux inftans ,
Je ne reparoîtrai que lorfqu'il fera tems.

> (*Il fort en riant*).

SCENE XVII.

LISVAL *feul.*

BELMONT blâme en fecret mon nouvel efclavage ;
Je lui pardonne. Hélas ! il n'a jamais aimé :
Mais moi-même je fens dans mon cœur allarmé
S'élever un fombre préfage.
Zélie !… Ah ! dois-je ici rappeller fon image ?
Objet de tous mes vœux ! ô toi qui m'as charmé,
Viens , tu dois régner feule en mon ame éperdue !

SCENE XVIII.

ZÉLIE *mafquée,* LISVAL.

LISVAL *allant au-devant de Zélie.*

OUI, je la vois… c'eft elle… Enfin , chère inconnue,
Voici le fortuné moment
Qui doit vous offrir à ma vue.
Vous m'avez promis…

ZÉLIE.
Oui, j'en ai fait le ferment,

Et je viens le remplir : mais, Lisval, cette flamme
Que peut-être un caprice allume dans votre ame...

LISVAL.

Un caprice ! Ah, grands Dieux ! pouvez-vous le penser ?

ZÉLIE.

Permettez... cet amour, qui devroit m'offenser,
Que j'excuse pourtant, ne peut être durable.
Vous essayeriez vainement...

LISVAL.

Juste Ciel ! quoi ! le sentiment
Le plus pur, le plus respectable !

ZÉLIE.

Lisval, modérez ce transport :
Je voudrois vous voir raisonnable ;
Vous le pouvez ; il en est tems encor.

LISVAL.

Qu'allez-vous m'annoncer ? Voudriez-vous, cruelle ?...

ZÉLIE.

Je ne veux que votre bonheur.

LISVAL.

Mon bonheur ! il dépend du don de votre cœur ;
De vous persuader de mon ardeur fidelle.

ZÉLIE.

Je la verrai bientôt s'éteindre, cette ardeur ;
Ma beauté...

LISVAL.

Vous avez tout ce qui peut séduire.

ZÉLIE.

C'eſt le langage du délire ;
Mais je n'ai pas la vanité…

LISVAL.

Oui, vous réuniſſez, puiſqu'il faut vous le dire,
Eſprit vif & ſaillant, décence, honnêteté,
Douceur intéreſſante & naïve gaîté :
Avec ces qualités, peut-on n'être pas belle ?

ZÉLIE.

Liſval, ce portrait eſt flatté ;
Votre pinceau n'eſt pas fidèle.
Mais paſſons… on prétend que vous avez aimé
Très-tendrement une Dame aſſez belle…
Pourquoi baiſſer les yeux ? ce trouble vous décèle.
Je vois qu'on m'a dit vrai… De plus, on m'a nommé
L'objet dont votre ame ravie
Porta long-tems les fers… c'étoit, je crois, Zélie.

LISVAL *embarraſſé.*

Zélie ?.. Eh ! mais…

ZÉLIE.

Cette rougeur,
Ce ſilence… Liſval, n'êtes-vous qu'un trompeur ?

LISVAL.

Non, Madame, je ſuis ſincère.
Zélie avoit ſu me charmer,
Mais…

ZÉLIE.

Achevez.

LISVAL *héſitant.*

Zélie a ceſſé de me plaire…

ZÉLIE.

Dès qu'un nouvel objet a su vous enflammer.
Cet aveu vous trahit, & de votre inconstance,
          C'est me convaincre sans détour.
Mais je veux vous juger avec plus d'indulgence ;
          Pour oublier un aussi tendre amour,
Sans doute vous avez quelque raison secrette.
          Zélie est peut-être coquette ?

LISVAL *vivement.*

Non : je dois à l'honneur de la justifier.
          Dussiez-vous me sacrifier,
Je n'hésiterai pas à dire qu'elle est belle,
Qu'elle unit aux vertus les graces, les talens,
Que de son sexe elle est la gloire & le modèle :
C'est un hommage enfin que, devant vous, je rends
          A l'estime que j'ai pour elle.
Oui, j'en conviens, Madame, en cessant de l'aimer,
Jusqu'au dernier soupir je la dois estimer.

ZÉLIE.

Quoi ! Monsieur, vous quittez une femme estimable,
          Vous la trahissez sans remords,
          Sans pouvoir lui trouver des torts
Qui du moins, à mes yeux, vous rendent excusable !
Ah ! Lisval, si Zélie a pu vous rendre heureux,
          Si son cœur sent le prix du vôtre,
          Pouvez-vous en chercher un autre ?
Zélie eut votre amour... reportez-lui vos vœux ;
Ne la condamnez point au désespoir affreux

De perdre l'amant qu'elle adore.
Devenez fon époux… fi vous ne l'êtes pas :
Allez expier dans fes bras
Une infidélité que peut-être elle ignore.

L I S V A L *à part.*

Où prend-elle cet afcendant ?
Jufqu'au fond de mon cœur elle a porté le trouble ;
Je l'écoutois en rougiffant,
Attendri malgré moi…

Z É L I E.

Votre embarras redouble.
Séparons-nous, Lifval, ne me revoyez plus.

L I S V A L.

Vous me voyez interdit & confus.
Quel eft donc ce pouvoir, ce charme inconcevable,
Qui féduit à la fois ma raifon & mon cœur ?
En vous voyant, l'amour m'attache à mon erreur,
Et quand je vous écoute, elle eft moins excufable.
J'avoue, en rougiffant, que je me fens coupable,
Que fur mon cœur Zélie eut des droits abfolus ;
Mais enfin mes efforts ont été fuperflus :
En vous voyant, j'ai cru fuivre une autre Zélie ;
J'ai cru fixer mes vœux irréfolus,
L'aimer en vous, lui confacrer ma vie.
Ai-je pu réfifter, lorfqu'en vous je la vois ?
Tout la retrace à mon ame attendrie.
Ah ! quoique l'apparence ici foit contre moi,

L'amour, qui fait mon crime, eſt auſſi mon excuſe ;
Je ne ſuis infidèle à l'objet de ma foi,
Que par un doux rapport qui m'enchante & m'abuſe.

ZÉLIE.

Il faut me le rendre. Je le vois,
Liſval, en moi vous n'aimez que Zélie ?

LISVAL.

J'adore en vous ſa charmante copie.

ZÉLIE.

Je veux de vous un ſerment ſolemnel :
Jurez-moi donc que votre cœur m'oublie.

LISVAL.

Non. Je jure, au contraire, un amour éternel
        A l'objet qui m'offre Zélie.
Si j'ai fait le ſerment de la chérir toujours,
Je ne puis qu'adorer ce qui me la rappelle.

ZÉLIE *avec tranſport ; elle ôte ſon maſque.*

Ah ! de tous tes ſermens, voilà le plus fidèle,
        Et le plus beau de mes jours.

LISVAL.

Zélie ! ô Ciel !

ZÉLIE.
Pardonne un artifice

Qui pour jamais aſſure mon bonheur.

LISVAL.

Même en te trahiſſant, je te rendois juſtice.

Ah ! conferve à jamais tous tes droits fur mon cœur ;
Le devoir, la vertu, l'amour, tout te les donne.
Zélie ! eft-il bien vrai que le tien me pardonne,
Qu'il oublie à jamais une coupable erreur !

Z É L I E.

Ne rappelles donc plus ce cruel badinage ;
Dans ta légèreté tu n'étois point volage,
Même en trompant tes yeux, j'avois tous tes tranfports.

L I S V A L.

Tu m'excufes, Zélie ! Ah ! puiffent mes remords !...

Z É L I E.

Ne troubles plus la joie de mon ame attendrie,
Ne me parles jamais d'offenfes ni de torts ;
Ils feront effacés chaque jour de ta vie,
Si pour juge tu prend le cœur de ta Zélie.

S C E N E XIX.

LES PRÉCÉDENS, BELMONT, ISMÈNE,
CLOÉ, *avec leurs premiers habits, fans mafque,*
FRONTIN, LAURETTE.

C L O É.

LISVAL à vos genoux ! & vous lui pardonnez ?

L I S V A L.

De tout ce que je vois, mes efprits étonnés...

CLOÉ.

Reconnoiffez en nous les aimables forcières
Qui vous ont préfagé le deftin le plus doux.
　　　Vous n’écoutiez qu’avec courroux
Ce que vous préfageoient nos fublimes lumières ;
Nous difions vrai pourtant. Nous pardonnerez-vous
D’avoir de vos amours pénétré le myftère ?

BELMONT.

　　　Contre toi nous confpirions tous.
C’eft moi qui révélois ce que tu voulois taire.
Si je t’ai mal fervi, venge-toi ; j’y confens.

LISVAL.

Me venger ! & de quoi ? De tes foins indulgens,
　　　De ton amitié, de ton zèle !
　　　Tu m’as forcé d’être fidèle
A l’objet adoré qui dut fixer mon choix.
Du devoir, de l’amour, tu m’as dicté les loix ;
C’eft par toi qu’aujourd’hui mon bonheur recommence.
　　　Jouis de ma reconnoiffance ;
Elle égale, Belmont, les biens que je te dois.

　　　(*A Zélie*).

La fête étoit pour toi : viens, ma chère Zélie,
Du charme qui te fuit, viens embellir ces lieux ;
Le moment fortuné qui nous reconcilie
Doit être le fignal des plaifirs & des jeux.

　　(*Ils fortent fuivis de Belmont, Ifmène & Cloé*).

　　　　　　　　SCENE

SCENE XX *& dernière.*

FRONTIN, LAURETTE.

(Ils se regardent sans parler).

LAURETTE.

Nous, Monsieur le Panégyriste,
A notre tour, qu'en dirons-nous ?

FRONTIN.

Laurette, en te voyant, je doute si j'existe.
C'est toi, ma chère enfant, toi, que dans mon courroux...

LAURETTE.

Tu vas faire le bon Apôtre.
Parlons net. Du bonheur de ces tendres époux,
    Si tu voulois, naîtroit le nôtre.
Imitons-les.

FRONTIN.

Le tour seroit original !
Un jaloux !

LAURETTE.

Je l'ai dit ; mais voyez le grand mal !
    (Lui tendant la main)-
Çà ! veux-tu renouer ?

FRONTIN *hésite un instant, & lui donne la main.*

    J'ai trop de complaisance.
Après m'avoir traité d'ivrogne, de brutal.

D

LAURETTE.

Tu me l'as bien rendu, je pense.
Vas, vas, les vérités qui se disent au Bal
Ne tirent point à conséquence.

Fin de la Pièce.

DIVERTISSEMENT.

Le Théatre change en un Jardin. Il fait absolument nuit.

SCENE PREMIÈRE.
BELMONT, CLOÉ.

CLOÉ.

Nos Acteurs sont-ils prêts?

BELMONT.
Oui.

CLOÉ.
Que devient Lisval?

BELMONT.

Je viens de l'arracher du Bal,
Où, sans rien soupçonner, il étoit près d'Ismène;
Nos amis dispersés, sans tumulte & sans bruit,
Sont tous dans la salle prochaine.

CLOÉ.

Fort bien. Chacun d'eux est instruit
Du personnage qu'il doit faire,
Et, jusques à présent, je réponds du mystère.

BELMONT.

Ne vous l'avois-je pas promis ?
Tout nous a réuffi, ma charmante coufine :
    Lifval, époux tendre & foumis,
A mérité le prix que l'amour lui deftine.

CLOÉ.

C'étoit jouer gros jeu : car enfin, dites-moi,
Mon coufin, entre nous, que devenoit la fête,
    Si, dégoûté de fa conquête,
Lifval eut refufé de rentrer fous la loi
    D'une époufe jeune & charmante ?
    Ce titre-là, Meffieurs, convenez-en,
Nous dépare à vos yeux : mais, très-heureufement,
Lifval trouve en Zélie une époufe, nne amante,
    Et, par le même évènement,
Nous ne changerons rien à notre dénouement.

BELMONT.

Lifval eft vertueux ; il aime, il eft fincère ;
Il a pu s'égarer. Une flamme légère,
Illufion des fens, mais que le cœur dément,
Peut-elle l'emporter fur un engagement,
Sur un choix, que l'amour lui-même avoit fait faire ?
Le devoir, la raifon...
    (*On entend un prélude d'inftrumens*).

CLOÉ

    Chut, j'entends le fignal
Dont on eft convenu pour s'échapper du Bal
Et fe rendre en ces lieux. Il feroit néceffaire...
Mais voici le Marquis ; votre fœur le conduit.

BELMONT *frappe trois fois dans ſa main.*

Feux brillans, diſſipez les ombres de la nuit ;
Qu'à ma voix ce Jardin s'embelliſſe & s'éclaire.

(*L'illumination la plus brillante ſuccède à l'obſcurité*
 & laiſſe voir le Jardin galament orné. Dans le
 fond eſt un périſtile, au milieu duquel eſt un autel
 champétre ; ſur l'autel un groupe d'enfans repré-
 ſentant l'Amour, l'Hymen, la Fidélité. A l'arrivée
 de Liſval, ils deſcendent ſur le devant de la Scène.
 L'Amour va à Liſval, qui l'envoye à Zélie, qui, de
 ſon côté, lui envoye la Fidélité : l'Amour & la
 Fidélité vont ſe joindre à l'Hymen.

SCENE II.

LES PRÉCÉDENS, LISVAL, ZÉLIE, &
toute la Compagnie qui eſt cenſée étre au Bal.

LISVAL.

CIEL ! où ſuis-je ?

ISMÈNE.
Avançons.

LISVAL.
  Mais quels nouveaux apprêts ?
Belmont, cette Fête brillante...

CLOÉ.

C'eſt l'amitié qui la préſente,
Mais l'Amour ſeul en fait les frais.

LISVAL.

Belle Cloé, c'eſt être trop méchante.
Quoiqu'il en ſoit, ici tout me plaît, tout m'enchante ;

Tout y brille à mes yeux des plus piquants attraits :
Je me crois transporté dans l'empire des Fées.

BELMONT.

Ce séjour est celui de la félicité ;
Vous y voyez son nom, ses chiffres, ses trophées.
Cet endroit peu connu, quoiqu'il soit bien vanté,
     Ne peut jamais être habité
Que par des êtres purs & des amans fidèles.

LISVAL.

Je t'entends.

BELMONT.

     Tout parjure en doit être écarté ;
Tel est l'ordre constant de la Divinité
Qui nous fait ressentir ses bontés immortelles.

LISVAL *regardant l'Amour.*

A tes pieds, Dieu charmant, oui, je jure à Zélie,
Par toi, par ses attraits, un éternel amour.
Je reprends de tes mains la chaîne qui nous lie,
     Et si jamais mon cœur oublie
Le serment respecté que je forme en ce jour,
Puisses-tu me punir, me punir sans retour,
     En me privant de l'objet que j'adore !
     Que dis je, amour ! fais plus encore ;
Que l'instant qui suivra mon infidélité
     Me rende au feu qui me dévore ;
     Mais que Zélie, en liberté,
Forme les nœuds brillans d'une chaîne nouvelle,
     Assure sa félicité,
     En couronnant un amant digne d'elle.
Que mes regards surpris la retrouvent plus belle,

Et que du repentir la funeste clarté
Offre ces tristes mots à mon cœur agité.
« Zélie étoit à toi, tu lui fus infidèle ;
» Tu la perds pour jamais, & tu l'as mérité.

ZÉLIE.

Cher Lisval, en faveur d'un retour si sincère,
J'ose, sur cet autel, te jurer, à mon tour,
D'oublier pour toujours une erreur passagère,
De vivre pour t'aimer, de chercher à te plaire,
De ne rien négliger pour fixer ton amour.
Ce sont-là les sermens que me dicte ma flamme ;
        Et puissai-je perdre le jour,
Lorsque je cesserai de régner sur ton ame.

*L'Amour présente Lisval à l'Hymen, qui reçoit Zélie
des mains de la Fidélité. Lisval & Zélie se prosternent
aux pieds de l'Hymen, qui, de concert avec l'Amour,
les enchaîne avec des guirlandes de fleurs. Cloé,
Belmont & Ismène conduisent les deux Epoux sur un
trône de gazon qui est sur le devant de la Scène,
d'où ils sont témoins d'un Divertissement analogue
au sujet.*

Lu & approuvé, le 24 Novembre 1786.   SUARD.

Vu l'Approbation, permis d'imprimer. A Paris, ce 27
Novembre 1786.   **DE CROSNE.**

DRAMES et COMÉDIES

Qui se trouvent chez CAILLEAU *, Imprimeur Libraire , rue Galande , N°. 64.*

A.

ABDOLONIME, ou le Roi berger.
A bon Chat, bon Rat.
A bon Vin point d'enseigne.
Absence du Maître. (l')
Ainsi va le Monde.
Alexis & Rosette.
Amant de retour. (l')
Amour & Bacchus au Village. (l')
Amour Quêteur. (l')
Amour Suisse. (l')
Amours de Montmartre. (les)
Anglais à Paris (l')
Anglaise (l') déguisée.
Arlequin muet.
Arlequin Roi dans la Lune.
Aveux imprévus. (les)
Avocat Chansonnier. (l')
      Bal Masqué. (le)
Ballon. (le)
Barogo.
Bataille d'Antioche. (la)
Battus payent l'amende. (les)
Bayard , ou le Chevalier sans
      peur & sans reproche.
Bienfaisans. (les)
Bienfait anonime. (le)
Bienfait récompensé. (le)
Blaise le Hargneux.
Bon Seigneur. (le)
Bon Valet. (le)
Bonnes gens. (les)
Boniface Pointu.
Bons Amis. (les)
Bottes de Foin. (les)
Brebis (la) entre deux Loups.
      Cabinet de Figures. (le)
Cacophonie. (la)
Café des Halles. (le)
Ça n'en est pas.
Caprices (les) de Proserpine.
Carmagnole & Guillot Gorju.
Chacun son Métier.
Cent Ecus. (les)
Consultations. (les)
Corbeille enchantée. (la)

Christophe le Rond.
Churchill amoureux.
Colporteur supposé. (le)
      Danger des Liaisons. (le)
Déguisemens Amoureux , (les
Déguisemens , (les)
Déserteur, Drame.
Devin par hasard. (le)
Deux (les) font la paire.
Deux Fourbes. (les)
Deux Sœurs. (les)
Deux Sylphes. (les)
Dinde du Mans. (la)
Diogène Fabuliste.
Double Allégresse. (la)
Dragon (le) de Thionville.
Duel (le)
Dupes de l'Amour. (les)
      Échange (l') des deux Valets.
École des Coquettes. (l')
Écolier devenu Maître. (l')
Écossaise. (l')
Écouteur aux Portes. (l')
Emménagement de la Folie. (l')
Enrôlement supposé. (l')
Ésope à la Foire.
Espiéglerie amoureuse. (l')
Étrennes de l'Amour, de l'Amitié
      & de la Nature. (les)
Eustache Pointu,
      Fanfan & Colas.
Fanny.
Faux Talisman. (le)
Fausses Consultations. (les)
Fausses Infidélités. (les)
Faux Ami, Drame. (le)
Fédéric & Clitie.
Femme comme il y en a peu. (la)
Femmes & le Secret. (les)
Fête des Halles. (la)
Fête Villageoise. (la)
Fin contre Fin.
Fête de Campagne. (la)
Folies à la mode. (les)
Fou raisonnable. (le)
Frères. (les deux)

Frères. (les deux petits)
    Guerre ouverte , ou Rufe
contre Rufe.
    Gilles ravisseur.
      Héloïfe (l') Anglaise.
    Hymen (l'), ou le Dieu jaune.
    Homme (l') comme il y en a peu.
    Homme (l') noir.
    Homme (l') & la Femme comme
il n'y en a point.
    Jacquot & Colas Duelliftes.
Jacquot parvenu.
Janot chez le Dégraiffeur.
Jeannette, ou les Battus ne payent
    pas toujours l'amende.
Jean qui pleure & Jean qui rit.
Jérôme Pointu.
Jeune Indienne. (la)
    Il étoit tems.
Inconnue perfécutée. (l')
    Laurette.
Lingere (la) ou la Bégueule.
    Mal-entendu. (le)
Mannequins (les)
Manteau écarlate. (le)
Mariage de Barogo. (le)
Mariage de Janot. (le)
Mariage de Melpomene. (le)
Margot la Bouquetiere.
Mari (le) à deux femmes.
Marfeille fauvée, Tragédie.
Martines. (les deux)
Matinée (la) du Comédien.
Médecin(le)malgré tout le monde.
Méfiant. (le)
Mélite & Lindor.
Menfonge excufable. (le)
Méprife (la) innocente.
Mieux fait douceur que violence.
Mère de Famille. (la)
Momus Philofophe.
Muficomanie. (la)
    Naufrage d'Amour. (le)
Négre blanc. (le)
Ni l'un ni l'autre.
Nouveau parvenu. (le)
Nœud d'Amour. (le)
Nouvelle Omphale. (la)
    Oifeau de Lubin. (l')
Oifeau (l') de Proie.
Ombres (les) anciennes & mo-
dernes , ou les Champs Elifées.
On fait ce qu'on peut.
Oui ou non.

Ofauréus, ou le nouvel Abeilard.
    Parifien dépayfé. (le)
Penfion (la) Genevoife.
Petites Affiches. (les)
Pierre Bagnolet & Claude Bagnolet
Poule au Pot. (la)
Pourquoi pas ?
Pouvoir (le) des Talens.
Prince noir & blanc. (le)
    Quatre Coins. (les)
Quiproquo de l'Hôtellerie. (le)
    Ramoneur Prince (le).
Repas des Clercs. (le)
Repentir (le) de Figaro.
Réfolution (la) inutile.
Revenant. (le)
Roméo & Juliette , Drame.
Rofe & l'Epine. (la)
Rufe inutile. (la)
    Sabotier , (le) ou les huit fols
Sculpteur. (le)
Sculpteur en Bois (le).
Sept n'en font qu'un. (les)
Sept (les) en font deux.
Serrail à l'encan. (le)
Soi-difant Sage. (le)
Soubrette rufée. (la)
Solitude. (la)
Sourd. (le)
Sufette & Colinet.
Sultan Généreux. (le)
        T.
Têtes (les) changées.
Thalie , la Foire & les Pointus.
Théâtromanie. (la)
Tibére , Tragédie.
Tracafferies de Village.
Triomphe (le) de la bienfaifance.
Tripot Comique. (le)
Trifte Journée (la).
Trois Aveugles (les)
Trois Léandres. (les)
Turcaret, de le Sage.
Ufurier dupé (L')
    Valet Rufé. (le)
Valet (le) à deux Maîtres.
Vannier (le) & fon Seigneur.
Vendanges de Surefne. (les)
Vénus Pélerine.
Veuve (la) comme il y en a peu.
Vigne d'Amour. (la)
    Wisht (le) & le Loto.
        Z.
Zarine , Tragédie.